KB102328

_____ 님의 소중한 미래를 위해

이 책을 드립니다.

톨스토이의 인생론

어떻게 살아야 행복할 수 있는가

톨스토이의 인생론

레프 톨스토이 지음 | 이선미 옮김

메이트북스

메이트북스　우리는 책이 독자를 위한 것임을 잊지 않는다.
우리는 독자의 꿈을 사랑하고,
그 꿈이 실현될 수 있는 도구를 세상에 내놓는다.

톨스토이의 인생론

초판 1쇄 발행 2020년 8월 11일　|　**초판 6쇄 발행** 2023년 8월 15일
지은이 레프 톨스토이　|　**엮은이** 이선미
펴낸곳 (주)원앤원콘텐츠그룹　|　**펴낸이** 강현규·정영훈
책임편집 안정연　|　**편집** 박은지·남수정　|　**디자인** 최선희
마케팅 김형진·이선미·정채훈　|　**경영지원** 최향숙
등록번호 제301-2006-001호　|　**등록일자** 2013년 5월 24일
주소 04607 서울시 중구 다산로 139 랜더스빌딩 5층　|　**전화** (02)2234-7117
팩스 (02)2234-1086　|　**홈페이지** www.matebooks.co.kr　|　**이메일** khg0109@hanmail.net
값 11,000원　|　**ISBN** 979-11-6002-297-1 03890

이 세상에서 단 한 권의 책만 가지라 하면
나는 주저함 없이 이 책을 선택하리라!

• 알렉산드로 솔제니친(소설가) •

모든 사람들에게 꼭 필요한 책!

이 책은 수많은 작품과 선집에서 사상들을 선별해 엮은 것이다. 각 글 말미에 지은이를 명시해두었으나 내가 인용한 작품이나 제목, 정확한 원전은 표시하지 않았다.

때로는 원서를 직접 옮기지 않고 내가 잘 아는 언어로 된 번역서를 옮기기도 했다. 그래서 때로는 내 번역이 원전과 완전히 같지 않을 수도 있다. 독일·프랑스·이탈리아 사상가들의 사상을 옮길 때 원전을 엄격히 따르지 않고, 이해하기 쉽게 축약하고, 어떤 말은 빼기도 했다.

독자들은 인용문이 파스칼이나 루소의 것이 아니라 나의 것이라고 할지도 모르지만, 형태가 변형되긴 했어도 그들의 사상을 전달하는 데는 아무런 문제가 없다고 생각한다. 그러므로 이 책을 다른 언어로 옮기기를 바란다면, 영국 시인 콜리지나 독일의 사상가 칸트, 프랑스의 작가 루소의 원문을 보지 말고 나의 글을 직접 옮기라고 말하고 싶다.

원문과 일치하지 않는 또 다른 이유는 때로는 너무 장황하고 난해한 주장에서 하나의 생각을 가져와야 하기 때문이다. 그래서 나는 명료하고 통일된 표현을 위해 몇몇 단어나 문장을 바꾸어야 했다.

어떤 경우에는 완전히 나의 언어로 그 사상을 표현하기도 했다. 그렇게 한 것은 이 책의 목적이 원저작자의 사상을 글자 그대로 옮기는 것이 아니라, 폭넓은 독자들이 다양한 작가들의 위대하고 지적인 유산에 좀더 쉽게 다가가고, 날마다 읽으면서 최고의 생각과 감정을 가질 수 있도록 하려는 것이기 때문이다.

이 책을 지으면서 경험했고, 이전 판을 다듬으면서 날마다 읽고 또 읽으면서 거듭거듭 느꼈던 자애롭고 고양된 감정을 이 책을 읽는 독자들도 느끼기를 바란다.

1908년 3월
레프 톨스토이

차례

1
삶의 목적을 알고 있어야 한다

모든 새는 항상 둥지를 어디에 틀어야 할지 알고 있다. 둥지를 어디에 어떻게 틀어야 할지 알고 있다는 것은 삶의 목적을 알고 있다는 말이다. 모든 창조물 가운데 가장 지혜롭다는 인간은 왜 새들도 알고 있는 인생의 목적을 알지 못할까?

2
인간이 가진 가장 중요한 재산

나는 인간이 죽거나, 돈과 집과 재산을 잃어버리는 것을 슬퍼하지 않는다. 그러나 가장 중요한 재산인 인간의 존엄성을 잃는 것은 참으로 슬픈 일이다.

에픽테토스

3
가장 중요한 시간과 가장 중요한 사람

현자에게 인생에서 가장 중요한 시간과 가장 중요한 사람과 가장 중요한 것이 무엇이냐고 물었다. 현자는 이렇게 대답했다.

"가장 중요한 시간은 현재다. 왜냐하면 인간이 자신을 지배할 수 있는 때는 바로 지금이기 때문이다. 가장 중요한 이는 현재 당신이 대하고 있는 사람이다. 왜냐하면 이 세상에서 어떤 다른 사람과 상대할 수 있다는 보장이 없기 때문이다. 가장 중요한 것은 지금 그 사람을 사랑하는 것이다. 왜냐하면 모든 사람은 오로지 다른 사람을 사랑하기 위해 이 세상에 왔기 때문이다."

4
양서들에 감사해야 한다

잘 선별된 작은 서재에 위대한 보물이 숨어 있을 수 있다. 수천 년 동안 세계의 모든 문명국에서 가장 지혜롭고 위대한 사람들의 동반자였던 책에는, 우리들이 이용할 수 있는 그들의 연구와 지혜의 산물들이 들어 있기 때문이다.

책 속에는 그들의 가장 친한 친구에게조차 보여주지 않았던 사상들이, 다른 세기에서 온 우리를 위해 명확한 언어로 표현되어 있다. 그렇다! 우리는 살아가는 동안 최고의 정신적인 성취인 양서들에 감사해야 한다.

랠프 월도 에머슨

5
지금 현재에 최선을 다하자

진정한 삶은 현재에 있다. 만약 사람들이 당신에게 미래를 위해 준비하는 삶을 살아야 한다고 말한다면, 믿지 말라. 우리는 현재 삶을 살고, 현재 삶만 알고, 그러므로 우리는 현재의 삶을 발전시키는 데 힘을 기울여야 한다. 모든 삶이 아니라 현재 삶의 한순간 한순간에 최선을 다해 살아야 한다.

6

분노에서 벗어나는 방법

　로마의 현자 세네카는 분노에서 벗어나려면, 분노가 커간다고 느껴질 때 아무것도 하지 않고 멈추는 것이 가장 좋은 방법이라고 말했다. 걷지도 말고, 움직이지도 말고, 말하지도 말아야 한다. 이 순간 몸과 혀를 움직인다면 분노는 커져버릴 것이다.

7
어떤 사람이 될 것인가

사람은 3가지 종류가 있다. 첫 번째는 어떤 것도 믿지 않는 사람이고, 그다음은 어렸을 때부터 믿어야 한다고 배운 것만 믿는 사람이다. 마지막으로 마음으로 이해하는 것을 믿는 사람이 있다. 이 마지막 부류의 사람이 가장 현명하고 가장 의지가 강한 사람이다.

사람들의 도움 없이 살아갈 수 없다

모든 사람은 각자의 짐을 지고 있다. 한 사람은 다른 사람의 도움 없이 살아갈 수 없다. 그러므로 우리는 서로를 위로하고, 충고하고, 서로를 훈계하면서 도와야 한다.

성현의 사상

9

나는 무엇을 해야 하는가

'나는 누구인가?' '나는 무엇을 해야 하는가?' '나는 무엇을 믿고, 무엇에 대해 희망을 가져야 하는가?' 철학의 모든 것은 이 3가지 질문이라고 철학자 리히텐베르크는 말했다.

이 질문 가운데 가장 중요한 것은 '나는 무엇을 해야 하는가?'다. 인간이 무엇을 해야 하는지 알고 있다면 인간이 알아야 할 모든 것을 알고 있는 것이다.

10

타인의 고통에 무관심한 당신에게

아담의 모든 아이들은 같은 몸의 일부다. 하나가 고통을 받으면 다른 모든 부분도 고통을 받는다. 만약 당신이 다른 사람의 고통에 무관심하다면 당신은 인간이라 불릴 자격이 없는 것이다.

사디

11

욕망을 달래고 진정시켜라

당신이 놓치고 있는 얼마나 많은 일들이 예전에 당신이 그렇게도 바라던 일이었는가를 생각해보라. 현재 당신을 초조하게 만드는 욕망을 가지고 있다면, 같은 일이 지금도 벌어질 수 있다. 욕망을 달래고 진정시켜라. 이것이 가장 유익한 일이며 가장 잘 이룰 수 있는 일이다.

12
세상에서 가장 중요한 일

우리는 이 세상에서 가장 중요한 일은 눈에 보이는 것, 우리가 볼 수 있는 것, 예를 들면 집을 짓거나, 땅을 일구고, 가축을 기르고, 열매를 따는 일이라고 생각한다. 우리의 영혼이 하는 일 같은 눈에 보이지 않는 일은 중요하지 않다고 생각한다.

하지만 보이지 않는 일, 우리의 영혼을 개선시키는 일이 세상에서 가장 중요한 일이다. 그리고 모든 다른 보이는 일들은 이 중요한 일을 하고 나서야 쓸모가 있는 것이다.

13

금은보화보다 더 값진 생각들

　우리는 돈이 가득 든 지갑을 잃어버리면 아까워한다. 그러나 어떤 생각이 떠오르거나, 책에서 본 좋은 생각들, 우리가 살아가면서 적용하고 기억해야 하는 생각들, 더 나은 세상을 만들 수 있는 생각들은 잃어버리고도 잃어버린 사실조차 곧 잊어버린다. 그것이 금은보화보다 더 값진 것임에도 불구하고 아까워하지도 않는다.

14

타인의 선행을 널리 이야기하라

타인의 악행에 대해 이야기하는 것을 들을 때는, 같이 맞장구
치지 말라. 타인의 험담을 들을 때는, 끝까지 듣지 말고 들은 것은
잊어버리도록 하라. 타인의 선행에 대해 이야기하는 것을 들을
때는, 그것을 기억하고 다른 사람들에게 이야기하라.

동양의 잠언

15
지식이라고 모두 좋은 건 아니다

지식이 모두 좋은 것이라면 어떠한 종류의 지식을 따라도 유익할 것이다. 하지만 잘못된 생각들이 유익하고 좋은 지식인 양 가장하고 있으므로 지식을 습득할 때는 엄격하게 선별해야 한다.

16

자기 자신을 개선하려고 노력하라

3가지 유혹이 인간을 괴롭힌다. 그것은 성욕과 자만심과 부에 대한 욕망이다. 인간의 모든 불행은 이 3가지 욕망에서 비롯된다. 이 욕망들이 없으면 인간은 행복하게 살 수 있다. 그러나 이 끔찍한 질병을 어떻게 없애는가?

자기 자신을 개선하려고 노력하라. 이것이 답이다. 그렇게 함으로써 이 세계를 개선할 수 있다.

라므네

17
타인과 제대로 소통하는 방법

자신을 잊고, 자신에 대한 생각을 지워버렸을 때, 우리는 비로소 타인과 효과적으로 소통할 수 있으며, 타인의 이야기를 귀담아 들을 수 있고, 그들에게 영향을 줄 수가 있다.

18

무엇을 해야 할지 의심이 들 때

　무엇을 해야 할지 의심이 들 때, 당장 죽을 수도 있다는 것을 생각해보라. 그러면 모든 의구심들이 사라질 것이고, 당신의 의식이 말하는 바를, 진정 당신이 원하는 것이 무엇인지를 분명하게 알 수 있을 것이다.

19
무모한 욕망에서 자유로워지기

무모한 욕망에서 자유로워지는 데 당신 에너지의 적어도 반은 써라. 그렇게 하는 동안 삶은 훨씬 더 충만하고 행복해진다는 걸 곧 알게 될 것이다.

에픽테토스

20

남을 비난하지 말라

사람들은 왜 그렇게도 남을 비난하는 것을 좋아하는가? 남을
비난하는 사람은 자기는 그 같은 행동을 하지 않았다고 성급히
생각해버린다. 이웃의 흉을 보는 소리를 듣기 좋아하는 사람도
마찬가지다.

21

고독을 대하는 우리의 자세

친구와 같이 있을 때는 고독 속에 있을 때를 생각하라. 고독 속
에 있을 때는 다른 사람들과 이야기하던 것을 생각하라.

22

빠르게 내달리는 분노를 참자

가장 빠른 마차만큼 빠르게 내달리는 자신의 분노를 참을 수 있는 사람이야말로 제대로 된 마부라 할 것이다. 그 밖의 힘없는 사람들은 그저 고삐만 잡고 있을 뿐이다.

『법구경』

인생이 지루하다는 당신에게

사치에 익숙하지 않은 사람이 우연히 사치에 빠지면 자기 딴에는 다른 사람들이 보기에 더 중요한 사람이 되고 싶어서, 자신에게 사치는 당연한 것이고 놀랄 일이 아니라며 무시하는 척한다. 이와 마찬가지로 어리석은 사람은 인생은 지루하다며 더 재미있는 무언가를 찾을 수 있는 척한다.

24

죽음은 재앙이 아니라 축복이다

소크라테스가 말하기를, 만약 죽음이 영구적으로 잠을 자는 상태라면, 우리는 모두 이 상태를 알고 있고, 두려워할 것이 아무것도 없다는 것도 알고 있다. 만약 죽음이 많은 사람들이 생각하는 것처럼 더 나은 삶으로 옮겨 가는 것이라면, 죽음은 재앙이 아니라 축복인 것이다.

25

모든 사람을 존중해야 한다

아무리 보잘것없고 우스꽝스러운 사람일지라도 모든 사람을 존중해야 한다. 모든 사람에게는 우리에게 있는 영혼과 같은 영혼이 존재한다는 것을 명심해야 한다.

아서 쇼펜하우어

26

인생에서 올바른 길을 찾자

인생에서 올바른 길은 아주 좁지만 그것을 찾는 것은 중요한 일이다. 늪을 가로질러 세워놓은 나무 통로처럼, 우리가 그 길을 알 수 있는 것처럼 당신도 알 수 있다. 하지만 그 길에서 내려온다면 오해와 악의 늪에 빠져버릴 것이다.

현명한 사람은 단번에 진실의 길로 돌아간다. 하지만 나약한 사람은 점점 더 깊은 늪으로 빠져들어 점점 더 빠져나오기가 어려워진다.

27

지금까지 배웠던 것을 잊어라

지금까지 배웠던 것을 잊을 때에만 우리는 진정한 지식을 갖게 된다.

헨리 데이비드 소로

지위가 높아질수록 더 겸손해져라

사람들 사이에서 차지하는 지위가 높아질수록 더욱 겸손해야 한다. 많은 사람들이 높은 지위와 명예 속에 살고 있지만 이 세상의 신비는 겸손한 사람들에게만 모습을 드러낸다. 복잡한 걸 찾으려 하지 말라. 공손히 당신의 의무를 다하라. 하지 말아야 할 것을 살피지 말라. 당신이 이해할 수 있는 것 이상으로 이미 많은 것들이 당신 앞에 펼쳐져 있다.

경외성경

29

살아가는 데 필요한 지식을 알자

진정한 지혜는 모든 것을 아는 지식이 아니라, 삶에 어떤 것이 필요한 지식이고 어떤 것이 덜 필요한 지식이며 어떤 것이 필요 없는 지식인지를 아는 것이다. 가장 필요한 지식은 잘사는 방법에 대한 지식인데, 즉 악행을 최소한으로 줄이고 최대한 선행을 하면서 사는 방법을 아는 것이다. 요즘 사람들은 쓸모없는 학문은 연구하지만 가장 중요한 지식에 대한 연구는 하지 않는다.

남이 아닌 자신을 탓하라

화살이 과녁을 맞히지 못할 때, 명사수는 다른 사람이 아닌 자
신을 탓한다. 현자도 같은 방식으로 처신한다.

공자

31

그와의 갈등은 나의 책임이다

만약 어떤 사람이 당신한테 불만이 있다면, 당신이 옳은데도
당신에게 찬성하지 않는다면, 아마도 그건 그의 책임이 아니라
당신이 그 사람에게 충분히 친절하게 대하지 않은 것이기 때문
에 당신 책임이다.

32
우리가 진리라고 흔히 생각하는 것들

우리는 모두, 처음에는 할머니에게 들은 의심할 여지가 없는 '진리'를, 그다음에는 선생님들에게 들은 '진리'를, 더 나이가 들어서는 저명한 사람들에게 들은 '진리'를 반복해서 말하는 어린 아이와 같다.

랠프 월도 에머슨

33
도움은 상호적이어야 한다

　도움은 상호적이어야 한다. 형제에게 지원과 도움을 받은 사람은 돈으로 갚아야 할 뿐만 아니라 사랑과 존경과 감사함으로도 갚아야 한다.

34
사랑으로 사람을 대하자

　사랑 없이 사람을 대해도 무방할 때가 있다고 생각하는 것은 실수다. 나무를 자른다거나 벽돌을 굽고 철을 만드는 일처럼 사랑 없이 사물을 다룰 수는 있다. 하지만 사랑 없이 사람을 대할 수는 없다.

　주의하지 않고 함부로 벌을 다룰 수는 없는 것과 같이 인간성을 염두에 두지 않고 사람을 대할 수는 없다. 아주 조심하지 않는다면 당신도 벌도 다치게 되는 것과 마찬가지로 사람의 특성도 그렇다. 서로 사랑하는 것은 우리가 존재하는 주요 법칙이기 때문에 당연한 일이다.

논쟁에 참여하는 방법

논쟁에 귀 기울여라. 그러나 논쟁에 가담하지는 말라.

니콜라이 고골

36

끝없이 즐거운 삶을 살아가는 방법

이 세상의 삶은 눈물의 계곡이나 재판장이 아니라 우리의 상상을 초월하는 것이다. 우리가 삶이 준 방법대로 살아간다면 삶은 끝없이 즐거울 수 있다.

37
편견에서 벗어나 열린 마음을 가지자

우리는 편견에서 벗어나 열린 마음과 수용할 줄 아는 마음을 가지고, 언제라도 자신의 의견을 바꿀 준비가 되어 있어야 한다. 바람이 바뀌는데도 돛을 바꾸지 않고 줄곧 한 방향으로만 고집하는 뱃사람은 결코 항구에 이를 수 없을 것이다.

헨리 조지

38
선택의 기로에서 고민하는 당신에게

이렇게 해야 하는지 저렇게 해야 하는지 고민일 때는, 오늘 저녁에 당신이 죽을 수도 있고, 아무도 당신이 죽은 사실을 모른다면 어떻게 하겠는가를 자신에게 물어보라. 죽음은 사람들이 자신의 일을 마무리하도록 박차를 가한다.

39

존재하기 이전의 깊은 심연

다섯 살 아이와 내 나이 정도 먹은 사람 사이는 단 한 걸음 거리다. 그러나 갓난아이와 다섯 살 아이 사이는 아주 멀다. 태아와 갓난아이 사이에는 심연이 놓여 있다. 존재하기 이전의 상태와 태아 사이에는 우리가 파악할 수 없는 깊은 심연이 놓여 있다.

40
모든 인간을 사랑하라

그리스도의 가장 본질적인 특징이 무엇이냐고 묻는다면, 나는 그리스도가 인간 영혼의 위대함을 확신하고 있었던 것이라고 대답할 것이다. 그리스도는 인간 속에서 신의 이미지가 비치는 것을 보았으므로, 어떠한 삶을 사는지 어떠한 성격인지 구애받지 않고 모든 인간을 사랑했다.

월리엄 엘러리 채닝

41

힘들고 우울하고 괴로운 당신에게

　당신이 힘든 상황이고 우울하다면, 자신이 두렵고 다른 사람이 두렵다면, 그리고 괴롭다면, "인생에서 만나는 모든 사람을 사랑할 거야."라고 자신에게 말해보라. 그리고 이 규칙을 따라보라. 그러면 모든 일이 제 길을 찾고 모든 것이 단순해보일 것이고, 더 이상 의심과 공포를 느끼지 않을 것이다. 모든 행위 중에서 완벽한 단 한 가지 일이 있는데 그것은 대가를 구하지 않는 사랑이다.

42
어리석은 사람들의 인생 견디기

　전쟁을 하는 동안 증원병으로 방공호에서 대기하고 있는 군인들은, 곧 들이닥칠 위험을 견딜 수 있도록 어떤 일이든 하려고 할 것이다.

　사람들도 인생에서 스스로를 구하려고 군인과 같은 행동을 한다. 어떤 사람은 허영심으로, 어떤 사람은 도박으로, 법으로, 여자로, 경마로, 사냥으로, 술로, 정치활동으로 인생을 견디고 있다.

43
사악한 인간의 폐해

사악한 인간은 남뿐만 아니라 자신에게도 해를 끼친다.

소크라테스

44

이웃을 사랑하라

신을 사랑하지만 이웃을 사랑하지 않는다고 말하는 사람은 모두에게 거짓말을 하고 있는 것이다. 이웃을 사랑하지만 신을 사랑하지 않는다고 말하는 사람은 자신에게 거짓말을 하고 있는 것이다.

그 사람의 죄를 용서하라

당신의 원수는 분노로 복수할 것이고 고통을 줄 것이다. 그러나 가장 큰 피해는 당신의 마음속에 분노와 증오가 생긴다는 것이다. 당신의 아버지나 어머니, 모든 가족들도 그 사람의 죄를 용서하고 잊어버리는 당신의 마음보다 당신을 더 좋게 만들 수는 없다.

『법구경』

46

선은 겸손을 통해 얻을 수 있다

행복이란 자기 자신만을 위해 바라는 것이고, 선이란 자신과 타인을 위해 바라는 것이다. 행복은 투쟁을 통해 얻을 수 있지만 선은 겸손을 통해 얻을 수 있다.

47

약탈한 손으로 적선하지 말라

거지에게 적선을 하기 전에 약탈을 그만두어라. 한 사람을 약탈한 손으로 다른 사람에게 보답을 행한다면, 훨씬 가난한 사람에게 뺏은 돈을 덜 가난한 사람에게 주는 격이다. 이런 자선은 하지 않는 편이 낫다.

성 크리소스토모스

48
신의 가르침을 귀담아듣자

대부분의 사람들은 신의 가르침을 귀담아듣지 않고 신을 숭배
할 뿐이다. 숭배하는 것보다 가르침을 귀담아듣는 것이 더 낫다.

49

타인을 비난하는 당신에게

남을 비난하는 것은 사람들이 좋아하는, 자제할 수 없는 오락이다. 이런 비난이 불러일으키는 온갖 폐해를 본다면, 이 오락을 멈추지 않는 것은 죄악이라는 사실을 알게 될 것이다.

부와 명예는 빈껍데기뿐이다

당신이 길에 호두나 과자를 뿌려놓으면, 아이들이 와서 그것들을 서로 주우려고 다투는 걸 보게 될 것이다. 어른들은 그런 일로 싸우지 않는다. 그러나 빈 호두 껍데기는 아이들조차 주우려고 하지 않는다.

현명한 사람에게, 부와 명예와 이 세상이 주는 보상들은 길에 떨어진 사탕이나 빈껍데기 같은 것이다. 아이들은 줍다가 싸우도록 내버려 두어라. 부자와 권력자, 그들의 하인의 손에 입 맞추도록 내버려 두어라. 현명한 사람에게는 이 모든 것이 빈껍데기일 뿐이다.

에픽테토스

51

누군가를 나쁘게 말하지 말라

당신은 어떤 사람을 비난하기 시작하는 순간 반드시 자제해
야 한다. 어떤 사람에 대해 나쁘게 말해서는 안 된다는 사실을 기
억하라. 당신이 알고 있는 것이 사실일지라도, 확실하지 않으면
서 소문을 듣고 옮기는 말이라면 더욱더 그렇다.

52

삶을 올바른 방향으로 이끄는 사상

사상은 당신의 마음속에서 생기는 질문에 답할 때만 당신의 인생을 올바른 방향으로 나아가게 할 수 있다. 다른 누군가로부터 빌려와 당신의 머리와 기억으로 받아들인 사상은 당신의 삶에 그다지 영향을 미치지 못할 뿐아니라, 때로는 잘못된 방향으로 이끌기도 한다.

53
사라지는 것과 영원한 것을 분별하자

우리가 직면한 중요한 문제 중 하나는 우리의 생이 죽음 뒤에 끝나느냐 아니냐 하는 것이다. 우리가 내세를 믿느냐, 믿지 않느냐에 따라 우리의 행동이 결정된다. 그러므로 우리 속에서 사라지는 것과 영원한 것을 밝혀내 영원한 것들을 소중히 하는 일은 중요하다. 하지만 대부분의 사람들은 꼭 그 반대로 한다.

블레즈 파스칼

54

사랑은 결코 변하지 않는다

그리스도는 마지막 계명에 그의 모든 가르침을 표현하고 있다. "내가 너희를 사랑한 것처럼 너희도 서로 사랑하라. 너희가 서로 사랑하면, 모든 사람이 그것을 보고 너희가 내 제자라는 것을 알게 될 것이다."

그리스도는 "너희가 믿는다면"이라고 말하지 않고 "너희가 서로 사랑한다면"이라고 말했다. 믿음은 시간에 따라 변할 수 있다. 왜냐하면 우리의 지식은 끊임없이 변화하기 때문이다. 그렇지만 사랑은 결코 변하지 않는다. 사랑은 영원하다.

55
많이 아는 사람의 말수는 적다

　조금밖에 모르는 사람은 말하기를 좋아한다. 많이 아는 사람은 침묵을 지킨다. 그것은 조금밖에 모르는 사람은 자기가 아는 전부가 중요하다고 생각해서 모든 사람에게 말하고 싶어 하기 때문이다.

　많이 아는 사람은 그가 모르고 있는 것이 얼마나 많은지를 알고 있다. 그래서 필요할 때만 말을 하고, 질문을 받지 않으면 침묵을 지키는 것이다.

장 자크 루소

56

이해한 척하는 건 나쁜 일이다

무언가를 이해하지 못했으면서 이해한 척하지 말라. 그렇게 하는 것은 가장 나쁜 일 중에 하나다.

57

인생이 공허하다는 당신에게

사람은 인생의 공허함을 알기 때문에 기쁨을 찾아 여기저기 뛰어다닌다. 하지만 그들은 분명 매력을 느낀 새로운 오락에서조차 공허함을 느낄 것이다.

58

우리는 모두 이 세상의 손님이다

　우리는 모두 이 세상의 손님이다. 당신이 이 세상 어디를 가든, 북쪽으로 가든, 남쪽으로 가든, 서쪽으로 가든, 동쪽으로 가든, 거기에는 항상 당신에게 "여기는 내 땅이오. 여기서 나가시오."라고 말하기 위해 기다리는 사람이 있을 것이다.

　당신이 이 세상의 다른 나라에서 돌아왔을 때, 당신 부인이 아이를 낳거나 당신이 정착해서 일을 시작할 수 있는, 혹은 당신이 죽고 나서 당신의 아이들이 당신의 뼈를 묻을 수 있는 땅 한 평이 어디에도 없다는 것을 알게 될 것이다.

로베르 드 라므네

59

진실을 말하는 데 익숙해지는 법

진실을 말하는 것은 훌륭한 재단사가 되거나 훌륭한 농부가 되거나 아름답게 글씨를 쓰는 것과 같다. 어떤 일에 능숙해지려면 연습이 필요하다. 아무리 노력을 해도 반복해서 하지 않았던 일은 수월하게 할 수 없다. 진실을 말하는 데 익숙해지려면 아주 사소한 것이라도 진실만 말해야 한다.

60
위험한 상황에서 용기를 가져라

거친 폭풍 속에서만 진정한 항해사의 솜씨를 볼 수 있다. 전쟁터에서만 군인의 용맹성을 볼 수 있다. 인간의 용기는 인생에서 어렵고 위험한 상황에 처했을 때 어떻게 대처하는지를 보면 알 수 있다.

61
삶을 풍요롭게 하는 대화의 기술

경청하고 주의를 기울여라. 그러나 너무 많은 말을 하지는 말라. 질문을 받으면 명료하게 대답하라. 물음에 대한 답을 모를 때도 인정하는 것을 부끄러워하지 말라. 논쟁을 위한 논쟁을 하지 말라. 떠벌리지 말라.

수피

62

우리 안에 있는 악과 맞서 싸우자

집에 지붕을 덮고 창틀에 창을 다는 대신 폭풍우 치는 날에 밖으로 나가 비, 바람, 구름을 꾸짖는 사람을 본다면 우리는 그 사람을 미친 사람이라고 생각할 것이다. 그러나 우리 안에 있는 악과 맞서 싸우려 하지 않고 다른 사람들의 악을 꾸짖고 비난한다면 우리도 그와 같은 일을 하는 것이다.

집에 지붕을 얹고 창문을 다는 것이 가능한 것처럼 우리 안에 있는 악을 없애는 것도 가능하다. 하지만 날씨가 바뀌라고 구름이 걷히라고 명령할 수 없는 것처럼, 이 세상에서 악을 완전히 없애는 일은 불가능하다. 만약 다른 사람들을 가르치는 대신 우리 자신을 개선하고 교육한다면, 세상의 악이 줄어들고 모든 사람들이 더 나은 삶을 살게 될 것이다.

63
자신을 이기는 사람이 되자

자신을 이기는 것이 전쟁에서 수천 대군을 이기는 것보다 더 크고 훌륭한 승리다. 다른 사람을 이기고 승리한 사람들은 언젠가는 질 수도 있지만, 자신을 이기고 승리한 사람은 영원한 승리자인 것이다.

『법구경』

64

미래가 두렵고 힘든 당신에게

　힘든 시간을 겪고 있거나 사랑을 잃을까 걱정되고 미래에 대한 두려움으로 고통스럽다면, 삶은 오직 현재에만 존재한다는 것을 기억하라. 그리고 당신의 모든 생각과 기억을 현재에 집중하라. 과거에 대한 고뇌도 미래에 대한 걱정도 모두 사라질 것이며, 자유와 행복을 느낄 것이다.

65
어느 누구도 비난하지 말라

누군가의 잘못을 알아차렸다면, 겸허하게 그 사람의 실수를
바로 잡아주어라. 그 사람이 당신의 말을 귀담아듣지 않는다면
당신 자신을 탓하라. 더 나은 방법은 어느 누구도 비난하지 않고
겸허함을 유지하는 것이다.

마르쿠스 아우렐리우스

66

내 몸의 중도를 찾는 방법

건강을 소홀히 하면 다른 사람을 도울 수 없다. 몸에 지나치게 신경을 쓰는 것도 같은 결과를 불러온다. 중도를 찾으려면, 다른 사람을 지속적으로 도울 수 있을 정도로 몸을 보살피면 된다.

67

나는 오늘 어떤 좋은 일을 할까

눈뜰 때마다 자신에게 물어라. "나는 오늘 어떤 좋은 일을 할까?" 태양이 노을을 드리우며 저물면, 자신의 삶의 일부도 태양과 함께 저물어간다는 것을 기억하라.

68

선이 조금씩 모이게 하자

한 방울 한 방울의 물이 그릇을 가득 채운다. 선을 원하는 사람도 마찬가지 방법으로 선이 조금씩 모여 선으로 가득 차게 되는 것이다.

『법구경』

69
진정한 믿음의 조건

진정한 믿음과 진정한 신앙에는 세속적인 지지도 외적인 화려함도 필요하지 않으며, 다른 사람들에게 억지로 알릴 필요도 없다. 신의 시간은 수천 년도 하루처럼 지나간다. 자신의 신앙을 힘과 강요로 전하려는 사람은 신앙심이 부족한 사람이다.

70
가난으로 고통받지 않는 방법

가난으로 고통받지 않는 2가지 방법이 있다. 첫 번째 방법은 더 많은 부를 얻는 것이다. 두 번째 방법은 욕심을 줄이는 것이다. 첫 번째 방법은 우리의 힘으로 항상 할 수 있는 것은 아니다. 하지만 두 번째 방법은 우리의 힘으로 얼마든지 할 수 있다.

71

남을 위해 선을 베풀자

선한 사람은 남을 위해 선을 베푼다. 참된 선을 베푸는 동안 고통을 받는다면, 훨씬 더 나은 사람이 된 것이다.

라 브뤼예르

72

중독과 쾌락에 빠진 당신에게

삶의 의미를 모르고 살고 싶다면 딱 한 가지 방법이 있다. 담배
와 술과 약에 중독되어 살거나 쾌락에 빠져 세속적으로 살아가
면 된다.

자신을 아는 것이 신을 아는 것

사람들이 "어떻게 신을 아느냐?"라고 물으면, "신은 내 마음속에 있기 때문이다."라고 대답해야 한다. 머리에 붙은 눈이 아니라 마음속의 눈으로 삶의 본질을 찾아라. 신을 모른다면 자기 자신은 어떻게 알 수 있겠는가? 자신을 진정으로 아는 것은 신을 아는 것이다.

페르시아 잠언

74

현재에 진정한 삶이 존재한다

　과거는 존재하지 않는다. 미래는 아직 오지 않았다. 현재는 존재하지 않는 과거와 다가올 미래가 만나는 시간 속의 무한한 작은 점이다. 시간이 없는 이 점에서 바로 인간의 진정한 삶이 존재한다.

75
자신이 가진 것에 행복해하자

어떤 사람이 현명한 사람인가? 항상 공부하는 사람이다. 어떤 사람이 강한 사람인가? 자기 자신을 통제할 줄 아는 사람이다. 어떤 사람이 부유한 사람인가? 자신이 가진 것에 행복해하는 사람이다.

『탈무드』

76
지혜로운 사람이 되는 방법

2개가 연결된 그릇의 물이 높이가 같아질 때까지 한 그릇에서 다른 그릇으로 흐르는 것처럼, 지혜도 지혜가 가득한 사람에서 지혜가 없는 사람 쪽으로 흘러갈 수 있다면 얼마나 좋을까? 문제는 지혜를 받아들이기 위해서는 스스로가 진지하게 노력해야 한다는 것이다.

77

죽음을 걱정하는 당신에게

죽는 순간을 걱정하는가? 우리의 삶은 영원의 한순간일 뿐이다. 생각해보라. 그러면 당신 이전에도 당신 이후에도 영원이 있다는 것을 알게 것이다. 이 두 거대한 심연 사이에서 당신이 3일을 살든 3세기를 살든 무슨 차이가 있겠는가?

마르쿠스 아우렐리우스

사랑 안에 사는 사람이 되자

하느님은 사랑이다. 사랑 안에 살고 있는 사람은 하느님 안에 있고, 그 사람 안에 하느님이 살고 있다. 우리가 다른 한 사람을 사랑한다면 신은 우리 안에 있다.

요한 1서 제4장

79

진정한 행복이란 무엇인가

어떤 사람은 행복을 권력 속에서 찾고, 어떤 사람은 학문에서 찾고, 또 어떤 사람은 유흥에서 찾는다. 정말로 행복 가까이에 있는 사람들은 진정한 행복이란 모든 사람들이 가지고 있고, 나눌 수 있는 것이라고 생각한다.

블레즈 파스칼

80
어떤 학문은 오히려 삶에 해가 된다

필요 없는 많은 학문을 공부하기보다는 삶의 기본 원칙 몇 가지를 아는 편이 더 낫다. 삶의 주요한 원칙은 당신이 악을 저지르지 않게 하고 바른 길로 이끈다. 그러나 많은 필요 없는 학문에서 얻은 지식은 당신을 자만의 유혹으로 이끌어 삶의 기본 원칙을 알지 못하게 한다.

81

그에 대한 비난은 그에게만 하라

만약 이웃을 비난할 필요가 있다고 생각한다면 그 사람에게
직접 말하라. 그리고 적대감을 일으키지 않는 방법으로 말하라.

82

부에 대한 욕망은 채울 수 없다

부에 대한 욕망은 결코 채울 수가 없다. 부를 가진 사람은 더욱 더 많이 가지고 싶어 안달이 난다.

키케로

83
사상 속에 모든 일의 시작이 있다

인간 개개인의 삶이나 인간 사회의 삶 속에서 일어나는 모든 일들은 사상 속에 그 시작이 있다. 그러므로 다른 사람들과 다른 사회를 완전히 이해하기 위해서는 전에 일어났던 일들 이면에 있는 '그 일을 생기게 한 사상'을 봐야 한다.

84

양서로 인정받는 책만 읽어라

마음을 즐겁게만 하는 이류 책들이 너무 많이 있다. 그러므로 의심의 여지없이 양서로 인정받는 책만 읽어라.

세네카

85
생명은 정신에서 나온다

더 어리고 더 원초적인 사람일수록 생명이 물질적이며 육체
에만 존재한다고 믿는다. 더 나이가 들고 더 현명한 사람일수록
생명은 정신에서 나온다는 것을 안다.

86

현재에 모든 정신력을 집중시키자

시간은 존재하지 않는다. 작고 무한한 현재만이 존재할 뿐이다. 그리고 이 현재 속에서만 우리의 삶이 존재한다. 그러므로 인간은 현재에 모든 정신력을 집중해야 한다.

87
세상을 살아가는 지혜

오늘 할 수 있는 일을 내일로 미루지 말라. 스스로 할 수 있는 일을 남에게 하라고 강요하지 말라. 자만은 의식주에 필요한 모든 비용보다 더 많은 비용을 치르게 한다. 우리는 실제로 일어난 일이 아니라, 일어날 수도 있는 일들을 생각하느라 너무 많은 고통을 받는다.

화를 없애려면 어떤 말을 하거나 행동을 하기 전에 10까지 세라. 그래도 진정이 되지 않는다면 100까지 세라. 그래도 진정이 되지 않는다면 1,000까지 세라.

토마스 제퍼슨

88
악과의 싸움이 우리를 구원한다

우리는 악으로 고통받고, 악과 싸우고 있다. 이런 싸움의 원인
은 우리가 완전하지 않다는 데 있다. 우리를 구원하는 것은 바로
악과 싸우는 것이다. 만약 신이 악과 싸우는 능력을 앗아갔다면,
우리는 영원히 악에 사로잡혔을 것이다.

89

진실은 혀로는 잘 전해지지 않는다

인간의 혀는 인간의 마음에서 생겨난 생각을 전달하는 데 충분한 도구다. 그러나 진실과 깊은 감정을 전하는 데는 취약하다.

코슈트

진실이 들리게 하기 위한 방법

진실이 들리게 하기 위해서는 친절하게 이야기해야 한다. 진실은 진심으로 마음속에서 나오는 말일 때만 상냥하다. 당신이 전한 메시지를 이해하지 못한다면, 적어도 다음 중 하나는 진실이라는 것을 알아야 한다. 당신이 한 말이 거짓이거나 친절하게 말하지 않았기 때문이다.

91

미래를 위해 현재를 파괴하지 말라

좀더 안락한 생활을 위해서 우리가 하는 일은, 적을 보지 않으려고 머리를 숨기는 타조를 떠오르게 한다. 우리는 타조보다 더 나쁘게 처신한다. 우리는 불확실한 미래의 생활을 불확실하게 얻으려고 확실한 현재의 생활을 확실하게 파괴하고 있다.

92

너무나도 강렬한 마음의 선량한 빛

불꽃과 횃불이 태양빛 속에 있으면 보이지 않듯이, 최고의 지성과 최고의 아름다움은 마음의 선량한 빛 속에서는 보이지 않는다.

아서 쇼펜하우어

살아 있는 모든 생명체와 하나가 되자

　우리가 다른 사람들과 분리되어 별개의 존재라고 생각하는 것은 시공간이라는 생활 조건에서 자라난 것이다. 우리가 이런 구분을 느끼지 않으면 않을수록 우리는 살아 있는 모든 생명체와 하나가 되는 것을 느낄 것이며, 우리 삶은 더욱 행복해질 것이다.

94

겸손과 침묵이 필요한 이유

이 세상에 물보다 부드럽고 유연한 것은 없다. 아무리 견고하고 단단한 것이라도 물을 이길 수 없다. 약한 것이 강한 것을 이기고, 부드러운 것이 단단한 것을 이긴다. 모든 사람들이 이 법칙을 알지만 실천하는 사람은 없다.

이 세상에서 가장 약한 것이 가장 강한 것을 이긴다. 그러므로 겸손과 침묵이 훨씬 유리하다. 아주 적은 사람만이 진정으로 겸손하다.

노자

95
욕망이 아닌 당신이 승리하게 하라

욕망을 극복하려는 바람에도 불구하고 욕망이 당신을 지배한 다고 느낀다면, 욕망을 정복할 수 없다고 생각하지 말라. 그것은 한순간일 뿐이다.

훌륭한 마부는 단번에 말을 서게 할 수 없을 때도 고삐를 놓지 않는다. 계속해서 고삐를 잡아당겨 결국 말을 멈추게 한다. 그러 니 단번에 유혹에서 벗어나지 못하더라도 계속 싸워야 한다. 그 러면 욕망이 아닌 당신이 승리하게 될 것이다.

96
기도는 살아가게 하는 힘이다

깊은 광산에 파묻힌 사람, 빙하에 갇혀 추위에 떨고 있는 사람, 바다 한가운데 홀로 굶어 죽어가고 있는 사람, 독방에 갇혀 고독 속에 쇠약해진 사람, 집에서 죽어가는 사람, 들리지 않고 보이지 않는 사람, 이런 사람들에게 기도가 없다면 이런 남은 생을 어떻게 살 수 있겠는가?

97

화를 내지 말아야 할 이유

습관은 연습을 통해서만 개선되고 강화된다는 것은 누구나 알고 있다. 잘 걸으려면 많이 걸어야 한다. 잘 달리려면 자주 달려야 한다. 통찰력 있는 독자가 되려면 할 수 있는 한 많이 읽어야 한다.

우리의 정신도 마찬가지다. 만약 화를 낸다면 악을 행하고 있을 뿐 아니라, 악한 습관까지 만들어내고 앞으로 생길 악을 자기 내면에 키우는 것이라는 것을 알아야만 한다.

에픽테토스

98
정신적인 노력과 인생을 아는 기쁨

　　정신적인 노력과 인생을 아는 기쁨은 육체적인 활동과 휴식
처럼 밀접한 관계가 있다. 육체적인 활동 없이는 휴식에서 오는
기쁨은 없다. 정신적인 노력이 없이는 인생을 아는 기쁨을 누릴
수 없다.

99

절대 세우지 말고, 항상 심어라

절대 세우지 말고, 항상 심어라. 세울 경우에는 자연이 당신이 만들어놓은 것을 파괴하며 방해할 것이다. 그러나 심을 경우에는 자연이 당신이 심어놓은 모든 것을 자라게 하고 당신을 도울 것이다.

정신생활에도 같은 일이 일어난다. 인간 본성의 영원한 법칙에 따라 조화를 이루는 것은 성장할 것이다. 그러나 인간의 일시적인 욕망에 관계된 것들은 자라지 못할 것이다.

100
생각과 견해의 먼지 더미에서 나를 찾자

　지나치게 많이 읽으면, 충분히 이해하지 않고 우리의 정신을 채우게 된다.

　한편 우리의 기억이 우리의 감정과 운명의 주인이 될 수도 있다. 그런 일이 생기면, 우리의 감정에 원초적인 순수함을 강화하고, 이질적인 생각과 견해의 먼지 더미에서 자신을 발견하고, 스스로 느끼고 말하고, 진정한 삶을 살기 위해서 지적인 노력이 필요하게 된다.

리히텐베르크

101
학문은 유익해야 한다

학문의 중요성을 받아들이기 위해서는 그 행위가 유익하다는 것을 증명해야 한다. 그런데 학자들은 우리는 무언가를 하고 있으므로 이것이 아마도 언젠가는 누군가에게 필요할 거라고 막연하게 말하고 있다.

102

양심에 어긋난 행동은 하지 말라

인생의 목적은 대다수가 하는 것처럼 하는 것이 아니라, 자신의 속에서 깨달은 내면의 법칙에 따라 사는 것이다. 양심과 진실에 어긋난 행동은 하지 말라. 이렇게 산다면 인생의 사명을 완수할 수 있을 것이다.

마르쿠스 아우렐리우스

103
꼭 배워야 할 지식을 분별하자

학문은 무수히 많은 분야로 나누어진다. 각 분야에서 연구해야 하는 지식의 양은 끝이 없다. 그러므로 가장 중요한 것은 무엇을 꼭 배워야 하는지 알고, 그렇지 않은 것은 무엇인지를 아는 것이다.

104

자기 자신을 위해 살지 않기

하늘과 땅은 영원하다. 이 둘은 자신을 위해 존재하는 것이 아니기 때문에 영원한 것이다. 마찬가지로 진정한 성인도 자기 자신을 위해 살지 않으므로 영원해질 수 있으며 모든 것을 성취할 수 있다.

노자

105
당신은 신을 기억합니까

　신을 기억하는 것은 아주 중요하다. 말이 필요한 것이 아니라 당신이 하는 모든 행위에 신이 따라다니며 지지하거나 비판하고 있다는 것을 자각하는 것이다. 러시아 농부들은 "당신은 신을 기억합니까?"라고 말한다.

106

삶의 목적을 찾으며 살자

삶의 목적을 찾지 않고 살아가는 것은 불가능하다. 인간이 해야 할 첫 번째 일은 삶의 의미를 이해하는 것이다. 그러나 스스로 교양이 있다고 여기는 대부분의 사람들은, 자신이 아주 높은 위치에 이르렀기 때문에 존재의 의미는 신경 쓰지 않는다며 자만하고 있다.

107

과거를 후회하지 말라

　과거를 후회하지 말라. 후회가 무슨 소용이 있겠는가? 거짓은 당신에게 후회하라고 말한다. 진실은 당신에게 사랑으로 채워야 한다고 말한다.

　슬픈 기억들은 모두 멀리 밀어버려라. 지나간 일은 이야기하지 말라. 사랑의 빛 속에서 살아라. 그러면 모든 것이 당신에게로 올 것이다.

　　　　　　　　　　　　　　　　　　　　　　페르시아의 잠언

108
행복과 불행은 마음속에 있다

인간의 행복과 불행은 자신이 가지고 있는 재산이나 재물에 달려 있지 않다. 행복과 불행은 자신의 마음속에 있다.

현명한 사람은 어디를 가든 집이라고 느낀다. 전 세계가 고귀한 영혼의 집인 것이다.

109

지혜를 얻는 3가지 방법

　　3가지 방법으로 지혜를 얻을 수 있다. 첫 번째 방법은 명상을 하는 것이다. 이것은 아주 고상한 방법이다. 두 번째 방법은 모방을 하는 것이다. 이것은 가장 쉬운 방법이나 덜 만족스러운 방법이다. 세 번째 방법은 경험을 하는 것이다. 이것은 가장 어려운 방법이다.

공자

110
이기적인 사람의 한계

이기적인 사람은 항상 한계가 있다. 이기적인 것과 한계가 있는 것은 서로 상관관계가 있다. 한계가 있기 때문에 이기적이고, 이기적이기 때문에 한계가 있는 것이다.

111

불필요한 지식을 두려워하라

필요 이상으로 많이 아는 것보다 적게 아는 것이 더 낫다. 지식이 부족한 것을 두려워하지 말고, 허영심을 채우려는 불필요한 지식을 진심으로 두려워하라.

112
정신을 소중히 가꾸자

인간은 육체와 정신으로 이루어져 있다. 인간은 보통, 특히 젊었을 때는 육체에만 관심을 갖는다. 그러나 모든 인간에게 있어 가장 중요한 부분은 육체가 아니라 정신이다. 소중히 가꾸어야 하는 것은 육체가 아니라 바로 정신이다. 이런 생각을 배워 진정한 삶은 정신 속에 있다는 것을 기억해야 한다.

정신을 일상의 더러움에서 구하고, 육체가 정신을 이끌지 않게 해야 한다. 정신이 육체를 지배해야 한다. 그러면 당신은 사명을 다하고 행복한 삶을 살 것이다.

마르쿠스 아우렐리우스

113
내가 어디서 생겨났는지를 알자

죽은 뒤 영혼은 어떻게 될까 생각할 때, 태어나기 전 영혼은 어떠했을지에 대해서도 생각해보라. 만약 당신이 어딘가로 갈 계획이라면 당신은 어딘가에서 온 것이다.

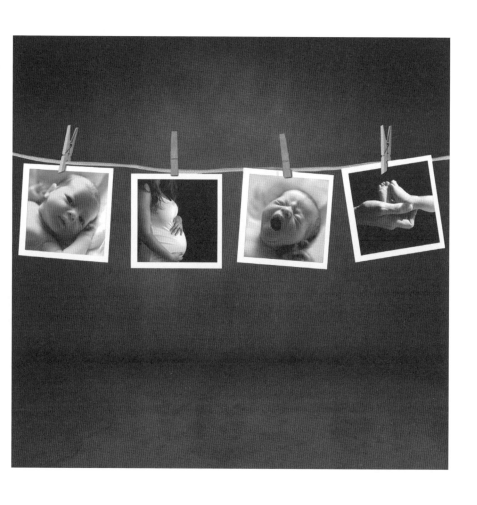

114

오만한 사람의 한계

　오만한 사람은 초반에는 다른 사람들에게 실제보다 훨씬 영향력이 크게 느껴진다. 하지만 그 영향력이 사라지고 나면 놀림의 대상이 되고 만다.

115
강해지려면 물처럼 되어야 한다

강해지려면 물처럼 되어야 한다. 장애물이 없으면 물은 흐른다. 장애물이 있으면 물은 멈춘다. 둑이 무너지면 물은 더 멀리 흘러간다. 그릇이 네모나면 물은 네모가 되고, 그릇이 둥글면 물도 둥글게 된다. 물은 아주 부드럽고 유연하기 때문에 가장 필요한 것이고 가장 강한 것이다.

노자

116

도덕률을 깨달으려고 노력하자

사람들은 장사를 하고 계약을 하고 협상을 하고 전쟁을 하고 학문과 예술을 하면서 바쁜 것처럼 보인다. 사실은 그들이 하고 있는 것은 단 한 가지 일이다. 그것은 그들이 삶의 신조로 여기는 도덕률을 깨달으려고 하는 것이다. 이 깨달음이야말로 가장 중요한 일이며, 인간이 행하는 유일한 일이다.

117

양심의 소리를 찾아내는 법

양심의 소리는 우리의 다른 욕구들이 내는 잡음과 항상 구별된다. 겉으로 보기에는 쓸모없는 것과 무의미한 것, 이해할 수 없는 것을 요구하지만, 이와 동시에 노력을 통해서만 얻을 수 있는 정말 아름다운 무언가를 요구하기 때문이다.

118
겸손해지면 현명해진다

인간은 자신의 내면을 들여다보면 볼수록 자신이 하찮은 인간임을 알게 된다. 이것이 지혜의 첫 번째 가르침이다. 겸손해지자. 그러면 현명해질 것이다. 자신의 약점을 알자. 그러면 힘을 얻을 것이다.

윌리엄 엘러리 채닝

119

인간은 완전히 소멸될 수 없다

인간은 신의 일부로서, 신의 표시로서 태어나고 살아간다. 그러므로 인간은 완전히 소멸될 수 없다. 우리 눈앞에서 사라질 수는 있으나 소멸될 수는 없다. 어떤 사람이 오랫동안 나의 시야에 있고 어떤 사람은 내 시야에서 아주 빨리 사라진다 해도, 나는 전자가 더 많이 살았고 후자가 덜 살았다고 말할 수 없다.

내 창문에서 빨리 지나가든 천천히 지나가든 상관없다. 그 사람이 내가 보았던 이전에도 존재했고, 내 시야에서 사라진 이후에도 존재할 거라는 사실을 나는 분명히 알고 있다.

험담하길 즐기는 당신에게

어제 파티에서 한 손님이 작별인사를 하고 떠나자 남아 있던 사람들이 모두 그를 험담하기 시작했다. 두 번째 사람이 떠날 때도 같은 일이 일어났고, 남은 손님이 하나하나 떠날 때도 마찬가지였다. 마지막 남은 손님이 말했다. "여기에 머무르며 밤을 지새우고 싶습니다. 떠난 사람들이 하나같이 겪는 것을 보니 두렵습니다."

121

우리의 삶은 투쟁이며 여정이다

삶은 우리를 일하지 않고 한가하게 살게 내버려두지 않는다. 우리의 삶은 투쟁이며 여정이다. 선은 악과 투쟁해야 하며, 참은 거짓과 투쟁해야 한다. 자유는 속박과 투쟁해야 하며, 사랑은 증오와 투쟁해야 한다. 삶은 우리의 이성과 감성 속에서 성스러운 빛으로 우리를 비추는 이념들을, 실천하는 길로 이끄는 발걸음이며 움직임이다.

주세페 마치니

122

말하기 전에 생각해야 할 것

말을 하기 전에 생각할 시간이 있다면 말을 할 필요가 있는지,
내가 말을 하면 누군가에게 해를 입히지는 않을지 생각해보라.

123

욕망이 나의 주인이 되게 하지 말라

인간의 마음속에 있는 욕망은 거미줄과도 같다. 처음에는 낯선 손님이었다가 단골손님이 되고, 그다음에는 나의 주인이 되어버린다.

『탈무드』

124

오랜 대화 후에 들여다볼 것

오랜 대화 후에는 어떤 말들을 나누었는지 생각해보라. 대화의 많은 것들이 때로는 전부가 무의미하고 공허하고 하찮고, 때로는 나쁘기까지 하다는 것을 깨닫고 놀라지 말라.

125
불필요한 지식은 가지지 말자

　오늘날에는 어마어마한 지식이 쌓여 있다. 머지않아 이런 수많은 지식을 배우기에는 우리의 능력은 너무 미천하고, 우리의 인생은 너무 짧은 것이 되고 말 것이다.

　우리의 처분을 기다리는 방대한 지식의 보고가 있지만 그것을 배운다고 해도 전혀 쓸모 없을 때가 종종 있다. 우리에게 정말 필요 없는 버거운 짐, 즉 불필요한 지식은 가지지 않는 편이 더 낫다.

　　　　　　　　　　　　　　　　　　　　　　　임마누엘 칸트

126

우리가 믿어야 할 것

우리는 우리 내부에, 그리고 이 세상에 존재하는 선이 실현될 것이라고 믿어야 한다. 이것이 바로 그것을 실현하게 만드는 가장 중요한 조건이다.

127

어리석은 자의 죽음은 허망하다

우리는 자주 이런 말을 한다. "비가 오는 계절에는 여기서 살아야지. 여름에는 거기서 살아야지." 어리석은 사람은 이런 꿈을 꾼다. 왜냐하면 죽음을 생각하지 않기 때문이다. 그러나 그때 죽음이 찾아와, 바쁜 사람이나 뭔가에 몰입하고 탐욕스럽게 사는 사람이나 정신없이 사는 사람이나 할 것 없이 모두를 데려가 버린다.

죽음이 찾아 왔을 때는 자식도 부모도 가족도 친구도 아무도 도와줄 수가 없다. 이런 사실을 알고 있는 현명한 사람은 마음의 평안에 이르는 길을 찾는다.

부처의 잠언

128
노력하는 자에게 불가능한 목표란 없다

한 여자가 뜻하지 않게 바다에 귀한 진주를 떨어뜨렸다. 그녀는 바닷물을 삽으로 하나하나 퍼내기 시작했다. 바다 정령이 그녀에게 다가가 물었다. "바닷물을 퍼내기를 언제 그만둘 것인가?" 여자가 대답했다. "바다에서 물을 다 퍼내고 바닥에서 진주를 찾으면요." 그러자 바다 정령이 진주를 찾아와 그녀에게 돌려주었다.

129
자신을 너무 칭찬하지 말자

　자신의 몸을 공중으로 들어 올리려고 하는 것이 어리석은 것처럼 자신을 너무 칭찬해서는 안 된다. 당신이 스스로를 칭찬할 때 역효과를 불러일으켜 사람들은 오히려 당신을 낮게 평가할 것이다.

130
그 누구도 나를 해칠 수 없다

당신의 영혼을 해칠 수 있는 사람이 있다고 생각하는가? 그러면 왜 그렇게 당황하는가?

나는 나를 해칠 수 있다고 생각하는 사람들을 비웃는다. 그들은 내가 누군지, 내가 무슨 생각을 하는지도 모른다. 그들은 내 삶에 함께 하는 것, 진정 내 것인 것에 조금이라도 손댈 수 없다.

에픽테토스

131
나는 당신의 행위입니다

　페르시아에는 이런 우화가 있다. 어떤 사람이 죽어서 영혼이 하늘로 올라갔다. 영혼은 그곳에서 온몸이 곪아 터져 흐르는 고름 때문에 더럽고 소름끼치는 끔찍한 여자를 한 명 만났다. 그 여자는 반대 방향에서 가고 있었다. 영혼이 여자에게 물었다. "거기서 무얼 하는 거지요? 당신은 누구인가요?" 그러자 끔찍한 여자가 대답했다. "나는 당신의 행위입니다."

132

아이들에게 좋은 본보기가 되자

아이들에게 선량함과 소박함을 가르치는 것은 중요한 일이다. 어린이들의 도덕적·정신적 교육은 아이들에게 좋은 본보기를 보여주는 것으로 이루어진다. 그러므로 우리는 선하게 살아야 하며, 적어도 그렇게 하도록 노력해야 한다. 우리가 선한 생활을 잘 실천한다면 아이들을 잘 가르칠 수 있을 것이다.

모든 선한 것은 덕이다

모든 선한 것은 덕이다. 목마른 사람에게 물을 주는 것, 길에 있는 돌을 치우는 것, 이웃과 친구에게 덕을 행해야 한다고 깨닫도록 하는 것, 나그네에게 길을 가르쳐주는 것, 이웃을 보고 미소를 짓는 것, 이 모든 것이 덕이다.

마호메트

134

아름다운 죽음에 대해

당신이 세상에 나타났을 때, 당신은 울고 주위의 모든 사람들
은 모두 기뻐했다. 이 세상을 떠날 때는 당신은 기뻐하고 주위의
모든 사람들은 울도록 삶을 살아야 한다.

135

진정으로 다른 사람을 돕는 법

진정으로 다른 사람을 돕기 위해 이익을 바라지 않는 모든 선하고 자비로운 행위는, 그 근원과 바탕으로 들어가 보면 신비롭고 설명하기 힘든 것이 된다. 왜냐하면 그것은 살아 있는 모든 존재는 하나라는 신비로운 생각에서 나왔고, 그 어떤 것으로도 설명할 수 없기 때문이다.

아서 쇼펜하우어

136

당신은 다른 사람을 평가할 수 없다

우리는 종종 다른 사람을 평가한다. 어떤 사람은 친절한 사람, 어떤 사람은 어리석은 사람, 어떤 사람은 나쁜 사람, 어떤 사람은 현명한 사람이라고 부른다. 그러나 우리는 그렇게 하지 말아야 한다.

사람은 계속 변한다. 사람은 강물과 같이 흐른다. 내일이 되면 그는 과거의 그가 아니다. 어리석었다가 현명한 사람이 되기도 하고, 악한 사람이 선한 사람이 되기도 한다. 당신은 다른 사람을 평가할 수 없다. 당신이 그 사람을 평가하는 순간 그 사람은 다른 사람이 되어 있다.

137

남을 위해 나를 희생할 수 있는가

사랑은 한 사람이 다른 사람을 위해 자신을 희생할 수 있을 때
비로소 진정한 사랑이 된다. 한 사람이 다른 사람의 이익을 위해
자신을 잊고, 그 사람을 위해 살 때 비로소 진실한 사랑이라 할 수
있다. 이러한 사랑 속에서만 우리는 생의 보답과 축복을 받는다.
이것이 세상의 토대다.

138
적대적으로 일을 하는 당신에게

우리는 서로를 떼어놓지 않고 하나로 묶어주는 것들을 항상 찾아야 한다. 적대적으로 일을 하거나 서로에게 화를 내고 등을 돌리는 일은 자연을 거스르는 일이다.

마르쿠스 아우렐리우스

139

힘겨워 죽음을 생각하는 당신에게

단지 사는 게 힘들다는 이유로 죽기를 바라면 안 된다. 당신의 어깨에 놓인 버거운 짐들은 당신이 사명을 다할 수 있도록 도울 것이다. 당신의 버거운 짐을 없애는 단 한 가지 방법은 사명을 이루는 삶을 사는 것이다.

최선의 방법으로 죽음을 준비하라

죽음을 준비할 때, 종교적인 의식이나 일상의 일들을 정리하는 평범한 일들은 걱정하지 말라. 가능한 최선의 방법으로 죽을 준비를 하라. 당신이 어느 정도 다른 세상의 존재가 되었을 때, 당신의 말과 행동이 이 세상에 남아 있는 사람들에게 특별한 힘이 될 수 있도록, 죽음이라는 순간의 강력한 영향력을 이용하라.

작품 해제

혼돈의 시대, 톨스토이에게 인생을 묻다!

레프 톨스토이는 세계적인 대문호이자 위대한 사상가이기도 하다. 1869년 『전쟁과 평화』를 발표해 세계적인 작가로서의 명성을 얻었고 1877년 『안나 카레니나』를 완성한 이후 원시 그리스도교에 복귀해 근로·채식·금주·금연의 생활을 영위했다. 농민적 무정부주의, 악에 대한 무저항 정신으로 대변되는 그의 사상은 전 세계에서 톨스토이즘을 불러일으키기도 했다. 이후 수많은 단편소설과 평론 등을 통해 사랑과 믿음으로 가득 찬 삶에 대한 자신의 신념을 전파했다. 1870년대 후반기에 수많은 정신적 고뇌를 겪은 뒤 농부로 변신하기도 했으며, 1885년에는 뽀스레드니끄 출판사를 만들어 대중을 위한 책을 펴내기도 했다.

부유한 지주 귀족의 아들로 태어나 1910년 시골 빈촌의 간이역에서 폐렴으로 사망하기까지, 인생에 대해 끊임없이 고뇌하고 거기서 얻은 사상을 현실에서 구현하려고 노력했는데, 그 결과물이 바로 이 책 『인생론』이다. 82세의 노구를 이끌고 집을 나온 톨스토이는 아스타포보 역에서 임종하는 순간 갑자기 딸 타차나에게 이 책의 한 부분을 읽게 하는데, 15년에 걸쳐 집필한 이 책에 대한 그의 무한한 애정을 짐작할 수 있는 대목이다.

이 책에 대한 톨스토이의 자부심은 그야말로 대단하다. 그는 다음과 같이 말했다. "나 자신이 주기적으로 되풀이해 읽을 책이자, 모든 사람들에게 꼭 필요한 책이라 자부한다. 나의 『전쟁과 평화』 『부활』 『안나 카레니나』는 잊혀도 이 책 『인생론』만은 인류가 존재하는 한 영원불멸할 것이다!"

『인생론』은 톨스토이의 사상과 철학을 그야말로 함축하고 있는데, 톨스토이가 직접 쓴 글은 물론이고 동서양을 막론한 수많은 작품과 선집에서 톨스토이가 직접 선별한 내용을 담고 있다. 톨스토이는 루소, 아우렐리우스, 파스칼, 부처, 노자 등의 글을 발췌해서 수록했다. 하지만 그저 발췌만 해서 실은 것이 아니라 그는 "완전히 나의 언어로 사상을 표현했다"라고 말했을 정도로 사랑, 죽음, 교육, 종교 등 다양한 주제에 걸쳐 그의 사상을 집약해서 보여주고 있다. 『인생론』을 통해 인생의 지혜를 톨스토이 특유의 짧고 간결한 문장으로 만나볼 수 있을 것이다.

톨스토이가 이 책의 서문에서 직접 밝혔듯이 각 글의 말미에 지은이를 명시해둔 것들도 있고, 특별한 출처가 없는 것들도 있다. 톨스토이는 참고한 원전의 내용을 엄격히 따르지 않고 이해하기 쉽게 축약하기도 했고, 어떤 말은 빼기도 했다. 명료하고 통일된 표현을 위해 몇몇 단어나 문장을 바꾸기도 했다. 또 어떤 경우에는 완전히 톨스토이 자신의 언어로 그 사상을 표현하기도 했다.

톨스토이가 이와 같이 한 이유는 이 책의 목적이 원저작자의 사상을 글자 그대로 옮기는 것이 아니라 폭넓은 독자들이 다양한 작가들의 위대하고 지적인 유산에 좀더 쉽게 다가가고, 날마다 읽으면서 최고의 생각과 감정을 가질 수 있도록 하는 것이었기 때문이다. 그래서 톨스토이는 이 책을 다른 언어로 옮길 때 굳이 각 지은이들의 원문을 보지 말고 자신의 글을 직접 옮길 것을 특별히 당부하기도 했다.

이런 점에서『인생론』에서 내용을 좀더 엄선하고 뽑아낸 편역서인 이 책은 "위대하고 지적인 유산에 좀더 쉽게 다가가고, 날마다 읽으면서 최고의 생각과 감정을 가질 수 있도록 썼다"는 톨스토이의 집필 목적과도 잘 부합한다. 편역서인 이 책은 톨스토이의 인생관이 오롯이 담긴 140가지의 짧은 이야기로 이루어져 있다.

톨스토이는 이 책에서 타인과 소통하는 방법, 분노에서 벗어나는 방법 등 일상생활의 가르침은 물론이고 인간 존재의 근원, 죽음에 대한 고찰, 사랑과 박애의 정의 등 철학적인 가르침과 지식의 방향, 종교적 가르침에 이르기까지 다양한 주제로 '어떻게 살 것인가?'를 말하고 있다.

톨스토이는 '사람은 무엇인가?' '인생은 무엇인가?'에 대해서 평생을 끊임없이 고뇌한 지식인이다. 그에게 결국 중요한 것은 '어떻게 살 것인가'의 문제였다. 이에 톨스토이는 우리에게 "진정한 삶은 현재에 있다"라고 말한다. 그리고 이 책에서 현재의 중요성을 성현의 말과 자신의 글을 통해 끊임없이 강조했다.

톨스토이가 인류에 남긴 인생 묵상록 『인생론』을 통해 현대인들이 인생의 참된 의미를 발견할 수 있기를 기대한다. 다소 현학적일 수 있는 인생의 근본적인 가르침뿐만 아니라 '험담하지 말라' '모르는 것을 아는 척하지 말라' '양서로 인정받는 책을 읽어라' 등 현대에도 충분히 통용될 수 있는 실질적인 조언이 가득해 누구나 부담없이 읽을 수 있다. 책의 어느 쪽을 펼쳐 읽더라도 우리 인생을 풍요롭게 만들어줄 인생의 지침을 얻을 수 있을 것이다. 톨스토이가 이 책의 내용들을 날마다 읽고 또 읽으면서 거듭 느꼈던 자애롭고 고양된 감정을 이 책을 읽는 독자들도 느끼게 되길 바란다.

메이트북스 편집부

1828년   9월 9일 야스냐나 폴랴나에서 출생

1844년   카잔 대학에 입학

1847년   카잔 대학 중퇴

1851년   형 니콜라이를 따라 육군 장교로 입대

　　　　　캅카스에서 사관후보생으로 복무

1852년   자서전『유년시절』발표

1854년   크림 전쟁에서 세바스토폴 방어전에 참전

1854년   『소년시대』발표

1855년   전역

1856년   『청년시대』『세바스토폴 이야기』발표

1856년   페테르부르크로 돌아와 농민 교육에 관심을 가지게 됨

1857년~1861년   프랑스, 독일의 국민 학교를 방문한 뒤

　　　　　고향에 농민 자녀를 위한 학교를 설립

1862년   소피야 안드레예브나 이슬레네프와 결혼

1869년   『전쟁과 평화』 발표

1876년   『안나 카레니나』 발표

1880년   『교의신학비판』 발표

1882년   『참회록』 발표

1884년   『나의 신앙』 발표

1886년   단편 『이반 일리치의 죽음』 발표

1889년   중편 『크로이처 소나타』 발표

1898년   『예술이란 무엇인가』 발표

1899년   『부활』 『크로이체르 소나타』 발표

1901년   종무원으로부터 파문당함

1910년   『인생의 길』 발표

1910년   아내와의 문제로 가출을 결심

1910년   기차 여행 중 폐렴에 걸림

1910년   11월 20일 사망

■ 독자 여러분의 소중한 원고를 기다립니다

메이트북스는 독자 여러분의 소중한 원고를 기다리고 있습니다. 집필을 끝냈거나 집필중인 원고가 있으신 분은 khg0109@hanmail.net으로 원고의 간단한 기획의도와 개요, 연락처 등과 함께 보내주시면 최대한 빨리 검토한 후에 연락드리겠습니다. 머뭇거리지 마시고 언제라도 메이트북스의 문을 두드리시면 반갑게 맞이하겠습니다.

■ 메이트북스 SNS는 보물창고입니다

메이트북스 홈페이지 www.matebooks.co.kr

책에 대한 칼럼 및 신간정보, 베스트셀러 및 스테디셀러 정보뿐만 아니라 저자의 인터뷰 및 책 소개 동영상을 보실 수 있습니다.

메이트북스 유튜브 bit.ly/2qXrcUb

활발하게 업로드되는 저자의 인터뷰, 책 소개 동영상을 통해 책에서는 접할 수 없었던 입체적인 정보들을 경험하실 수 있습니다.

메이트북스 블로그 blog.naver.com/1n1media

1분 전문가 칼럼, 화제의 책, 화제의 동영상 등 독자 여러분을 위해 다양한 콘텐츠를 매일 올리고 있습니다.

메이트북스 네이버 포스트 post.naver.com/1n1media

도서 내용을 재구성해 만든 블로그형, 카드뉴스형 포스트를 통해 유익하고 통찰력 있는 정보들을 경험하실 수 있습니다.

STEP 1. 네이버 검색창 옆의 카메라 모양 아이콘을 누르세요. STEP 2. 스마트렌즈를 통해 각 QR코드를 스캔하시면 됩니다. STEP 3. 팝업창을 누르시면 메이트북스의 SNS가 나옵니다.